LES MERVEILLEUSES HISTOIRES DE RALPH

TOME 2

LA VISITE CHEZ LES NAINS

LES MERVEILLEUSES HISTOIRES DE RALPH

TOME 2

LA VISITE CHEZ LES NAINS

Stéphan Bilodeau

Copyright © 2007 Stéphan Bilodeau
Copyright © 2007 Éditions AdA Inc.

Éditeur : François Doucet
Révision linguistique : Nicole Demers et André St-Hilaire
Révision : Suzanne Turcotte, Nancy Coulombe
Mise en page : Sylvie Valois
Montage de la couverture : Sébastien Michaud et Matthieu Fortin
ISBN 978-2-89565-565-7
Première impression : 2007
Dépôt légal : 2007
Bibliothèque et Archives nationales du Québec
Bibliothèque Nationale du Canada

Éditions AdA Inc.
1385, boul. Lionel-Boulet
Varennes, Québec, Canada, J3X 1P7
Téléphone : 450-929-0296
Télécopieur : 450-929-0220
www.ada-inc.com
info@ada-inc.com

Diffusion
Canada : Éditions AdA Inc.
France : D.G. Diffusion
ZI de Bogues
31750 Escalquens – France
Téléphone : 05.61.00.09.99
Suisse : Transat - 23.42.77.40
Belgique : D.G. Diffusion - 05.61.00.09.99

Imprimé au Canada

SODEC

Participation de la SODEC.
Nous reconnaissons l'aide financière du gouvernement du Canada par l'entremise du
Programme d'aide au développement de l'industrie de l'édition (PADIÉ) pour nos activités
d'édition.
Gouvernement du Québec - Programme de crédit d'impôt pour l'édition de livres - Gestion
SODEC.

Catalogage avant publication de Bibliothèque et Archives Canada

Bilodeau, Stéphan, 1967-

    Les merveilleuses histoires de Ralph

    Sommaire: t. 1. La visite chez les humains -- t. 2. La visite chez les nains.
    Pour les jeunes de 7 à 10 ans.

    ISBN 978-2-89565-564-0 (v. 1)
    ISBN 978-2-89565-565-7 (v. 2)

    I. Titre. II. Titre: La visite chez les humains. III. Titre: La visite chez les nains.

PS8603.I465M47 2007   jC843'.6   C2007-940366-2
PS9603.I465M47 2007

Merci et bienvenue dans une autre merveilleuse histoire de Ralph.

Vous pouvez maintenant visiter le petit monde de Ralph en vous rendant sur le site Web suivant : www.ralphlemagicien.com

***

Je voudrais remercier tous ceux qui ont participé à ce récit d'aventures, plus particulièrement, mes deux filles adorées, Jessyca et Bianca, qui ont travaillé avec moi sur le déroulement de l'histoire et sur la création des personnages. J'aimerais aussi dire un gros merci à Mme Dominic Turcotte pour son travail impeccable sur le contrôle de la qualité.

TABLE DES MATIÈRES

Préface 9
   Les personnages 9
   Les événements importants 11
Chapitre 1 : Le départ 13
   Le repas avec maître Arolen 15
Chapitre 2 : La fontaine bleue 19
Chapitre 3 : La requête du roi 25
Chapitre 4 : Le voyage 33
Chapitre 5 : La ville 41
Chapitre 6 : La rencontre avec le chef 47
   La recherche 50
Chapitre 7 : La pierre enchantée 53
Chapitre 8 : L'endroit secret 63
   L'entrée 65
   La prison 69
   La salle à dîner 72
   La cuisine 74
   Les dortoirs 75
   Le laboratoire 78
   La chambre du mage 81
   Les remerciements du chef Tyro 91
Chapitre 9 : Le retour 95
   L'enseignement du mage
   de niveau or .97
La conclusion 99
À retenir 103
Le livre de magie de Ralph 107
La carte du monde de Ralph 111

Préface

Je prends quelques instants pour résumer les événements importants à l'intention de tous ceux qui viennent de se joindre à nous pour la première fois.

Comme tous les samedis, à la nuit tombante, les gens se réunissent autour d'un grand feu afin d'écouter Ralph raconter l'une de ses merveilleuses aventures.

La semaine dernière, Ralph nous a raconté son aventure chez les humains mais, cette fois-ci, il a promis de nous parler de son voyage chez les nains.

Les personnages

Le personnage principal est bien sûr Ralph, un elfe natif d'un tout petit village d'elfes appelé Tadan. Dans ses aventures, Ralph est âgé de 170 ans. Cet âge lui donne l'apparence d'un humain de 17 ans. Déjà au niveau argent (niveau 2), il est sur la bonne voie pour devenir un excellent magicien. Ralph se démarque surtout par son intelligence et sa sagesse.

Thim est le meilleur ami de Ralph. C'est aussi un elfe âgé de 170 ans. Thim est maintenant archer argent (niveau 2) et fait partie de l'école de maître Dynon. On le définit non seulement en tant que raconteur, mais aussi comme grand parleur car il a la parole facile. Malgré qu'il soit un très bon archer, Thim n'est pas reconnu pour son courage, ce qui donne souvent lieu à des situations amusantes.

Il y a aussi Édouard, le prince de Gardolon. Comme tout bon prince, Édouard a fière allure avec sa posture droite. Il possède un enseignement spécial qui lui permettra de devenir un jour « Paladin ». Il a tout ce qui faut pour devenir un bon chef. C'est un très grand ami des deux autres.

Ralph et Thim ont une amie commune, une demoiselle druide du nom de Shania. Cette dernière est particulièrement jolie et possède des yeux magnifiques. Comme tous les druides, elle a la faculté de prendre l'apparence de divers animaux. Elle a aidé le groupe à plusieurs occasions. Comme les druides ne sont pas très appréciés en ville, Shania prend souvent l'apparence d'un petit chaton du nom de Shan qui accompagne Ralph partout.

Les événements importants

La petite histoire de Ralph a débuté lorsque l'elfe avait environ 167 ans. C'est à cet âge que Thim et lui sont partis pour leur première aventure hors de leur petit village de Tadan.

Un soir, ils ont trouvé un jeune homme blessé gravement. C'était la première fois qu'ils rencontraient un humain. Un peu craintifs, ils se sont mis à se poser des questions au sujet de cet être étrange. Malgré tout, ils ont usé de toute leur énergie pour le guérir.

Le jeune homme était en fait le prince de Gardolon, une grande ville habitée par des humains. Pour récompenser Ralph et Thim d'avoir sauvé son fils, le roi les a accueillis et leur a donné l'hospitalité à la ville de Gardolon. De plus, il leur a permis d'étudier certaines disciplines. Thim a choisi le tir à l'arc, et Ralph, la magie. Ils ont déjà atteint le niveau argent (niveau 2) et ils en sont très fiers.

Depuis ce temps, ils se sont bien intégrés à la ville. Ils sont devenus amis avec le prince Édouard, et leur intention est de faire un jour partie de la garde royale.

***

Voilà ! Maintenant, allons vite les rejoindre dans leur merveilleuse histoire…

Chapitre 1
Le départ

Déjà trois années se sont écoulées depuis notre arrivée chez les humains. Nous sommes maintenant intégrés et très bien acceptés par les habitants. Nos aventures font désormais partie des légendes locales. Il faut dire que Thim ne manque aucune occasion pour raconter nos aventures en y ajoutant certains éléments croustillants comme lui seul sait le faire.

Mis à part quelques petits traits, les humains ne sont pas très différents des elfes, après tout. Sauf qu'ils vieillissent beaucoup trop vite…

Thim est maintenant très habile au tir à l'arc. Cette année, il a été sollicité par maître Dynon pour participer à la démonstration d'agilité et il a accepté avec joie. J'étais très fier de lui, surtout qu'il a fait une prestation exceptionnelle.

Édouard s'entraîne toujours avec rigueur. Tel un bon prince, il suit son code d'honneur avec fermeté. Il est sur la bonne voie pour devenir « Paladin ». Cependant, je crois qu'il aimerait à l'occasion profiter un peu plus de sa jeunesse.

Et moi, Ralph, je suis les consignes du maître Arolen avec fermeté.

Mes magies sont de plus en plus fortes. Ma « toile » devient plus résistante, et ma « lumière » plus lumineuse. Mes « balles de feu » sont destructives et je peux maintenant faire se déplacer des cailloux beaucoup plus gros.

Quoiqu'il soit un peu réservé, maître Arolen m'apprécie beaucoup. D'ailleurs, il m'a invité ce soir à me joindre à lui pour partager son repas. Je suis privilégié, car il est rare que maître Arolen fraternise autant avec l'un de ses élèves.

Ah oui ! j'oubliais. Je suis maintenant escorté d'un tout petit compagnon du nom de Shan. Il s'agit d'un petit chaton noir très futé qui me suit partout.

Je dois vous avouer un grand secret que vous devrez garder pour vous. En fait, Shan est bel et bien mon amie Shania, la demoiselle druide qui possède le talent de se transformer en animal. Comme les druides ne sont pas les bienvenus en ville, elle peut se promener librement sans difficulté. Je dois admettre que je suis très heureux de la compter parmi nous. Elle nous a sortis de situations vraiment dangereuses.

Le repas avec maître Arolen

J'étais en chemin pour le château. J'avais été invité par maître Arolen afin de partager son repas. Je dois vous avouer que j'étais un peu nerveux. C'était la première fois que je rencontrais mon maître en dehors de l'entraînement.

Lorsque je suis arrivé à la salle de repas, le maître y était déjà.

– Bonjour, Maître Arolen.

– Bonjour Ralph, me salua le maître en m'invitant à m'asseoir à la table. Je suis content de partager ce repas avec toi. Je voulais par cette occasion perpétuer une vieille tradition que mon maître m'avait enseignée.

J'écoutais attentivement les paroles de maître Arolen. C'était la première fois qu'il mentionnait cet homme en ma présence.

– Je crois que je ne t'ai jamais parlé de maître Seto ? me demanda-t-il.

Je hochai la tête négativement.

– C'était un très grand magicien, poursuivit-il. Son talent ne lui venait pas seulement de la connaissance de la magie, mais aussi du niveau de sagesse qu'il avait atteint.

Il fit une courte pause.

– Tu sais, Ralph, continua-t-il, bientôt tu vas connaître une étape très importante de ta vie de magicien. Les pouvoirs que tu posséderas te donneront un sentiment de puissance et de supériorité. Tu auras le sentiment d'invincibilité. Il te faudra alors faire attention à ne pas tomber dans le désir de domination. Tous les magiciens passent par cette étape, mais seulement quelques-uns prennent le bon chemin.

– Mais, Maître Arolen, comment me préparer afin de prendre le bon chemin ? demandai-je d'un air attentif.

– Tu es prêt, Ralph, répondit le maître. Tout ce qu'il te faut est en toi. Tu as juste à écouter ton cœur, il te guidera…

Arolen m'adressa un sourire.

– Ralph ! s'exclama-t-il. Tu es mon meilleur élève et je vois un grand magicien en toi. Comme l'a fait maître Seto pour moi, je t'informe que je t'ai choisi pour prendre ma relève.

– Votre relève ! dis-je d'un air surpris.

– Pas maintenant, me rassura-t-il. Mais dès ton niveau or (niveau 3), nous irons un peu plus loin dans ton apprentissage. Centaines notions spéciales te seront enseignées afin qu'un jour tu puisses les enseigner à ton tour.

Je fus ému et je laissai tomber quelques larmes. C'était la première fois que quelqu'un faisait preuve d'une telle confiance à mon égard.

Je remerciai délicatement maître Arolen de sa foi en moi et l'assurai de ma loyauté.

– Ah oui ! ajouta-t-il, es-tu prêt pour un nouvel exercice ? Dès demain tu partiras avec tes compagnons Édouard et Thim pour cette épreuve. Nous voulons encourager la formation de nouveaux groupes. Votre complémentarité et votre esprit d'équipe sont exceptionnels et nous désirons inciter les élèves à travailler ensemble. Cet exercice est un premier pas vers ton prochain niveau.

Il prit une grande respiration.

– Si vous voulez, tes copains et toi, atteindre prochainement le niveau or (niveau 3), enchaîna-t-il, vous devrez au préalable nous démontrer votre capacité à travailler les uns avec les autres.

– J'accepte avec impatience, répondis-je en souriant.

J'étais vraiment heureux de la nouvelle et surtout prêt pour relever un nouveau défi.

***

Nous prîmes le reste du repas en bavardant de choses et d'autres. Maître Arolen semblait très intrigué par mon petit village…

Chapitre 2
La fontaine bleue

Comme nous avaient soigneusement expliqué nos maîtres la veille, notre exercice consistait à faire la lumière sur la fontaine bleue appelée aussi « fontaine magique ». Celle-ci se trouvait à quelques jours de Gardolon tout à l'ouest, près de la traverse.

La nuit venue, quelque chose d'anormal semblait provenir de la fontaine. Les gens pouvaient entendre des voix chantant de douces mélodies. Notre objectif était de faire la lumière sur cet événement étrange.

Donc, dès l'aube, nous partîmes vers l'ouest, nous demandant bien ce que nous allions y découvrir. Nous étions Édouard, Thim et moi. Shania n'était pas du voyage, car elle avait dû retourner à son village afin de parfaire son entraînement.

Après quatre jours de marche, nous trouvâmes la fontaine sans trop de difficulté. Elle était énorme et visible de la route. Comme l'indiquait son nom, elle était entièrement bleue.

— Cette fontaine est gigantesque, lança Édouard.

— Oui, on dirait une piscine, rétorqua Thim.

— Attendez, je vais vérifier sa profondeur, suggérai-je.

Je lançai une pierre, qui descendit à perte de vue.

— C'est très creux, fis-je remarquer, inquiet. Nous ne voyons même pas le fond.

— Qu'est-ce qu'on fait ? demanda Thim.

— Nous allons premièrement attendre la nuit, répondit Édouard. De cette façon, nous pourrons vérifier si les dires sont exacts ou s'il s'agit d'une simple rumeur.

— Tu crois que nos maîtres nous auraient demandé de nous déplacer pour une rumeur ? lançai-je en riant.

— Ouin ! tu as probablement raison, Ralph, se contenta de dire Édouard.

La nuit venue, nous organisâmes des tours de garde. Je me portai volontaire pour le premier tour.

Il devait être environ deux heures du matin quand j'ai entendu les sons la première fois. Je me dirigeai vers la fontaine mais, à mon arrivée, les bruits avaient cessé.

Environ une heure plus tard, les sons réapparurent mais, cette fois-ci, ils étaient beaucoup plus forts et plus nombreux.

Je réveillai donc délicatement Édouard et Thim, en prenant soin de ne pas faire de bruit.

– Écoutez ! murmurai-je. Ce sont bien les sons.

– Oui et on dirait qu'ils chantent, répliqua Thim. Mais cette mélodie me dit quelque chose. À quel endroit l'ai-je entendue ?

Plus nous avancions, plus les sons devenaient forts et mélodieux. Nous nous sentions vraiment bien et cette mélodie était attirante.

– Je me rappelle maintenant ! s'écria soudainement Tim. Ce sont les sirènes !

– Bouchez-vous les oreilles ! criai-je de toute mon âme.

Thim et moi avions eu le temps de mettre nos mains sur nos oreilles, mais pas Édouard. Ce dernier se préparait à enjamber la fontaine.

Je lançai aussitôt ma magie « toile » sur la fontaine afin de retenir Édouard quelques instants. Thim sauta au même moment en lui agrippant la jambe à l'extérieur de la fontaine. Avec maints efforts, nous réussîmes à tirer notre ami et à le maintenir au sol.

Les chants s'arrêtèrent.

Une seconde de plus et Édouard serait tombé à l'eau. Imaginez ce qui lui serait arrivé avec son armure si lourde.

– Nous l'avons échappé belle, fis-je remarquer.

– Oui ! s'exclama Thim, ce sont des sirènes.

– C'est quoi ça ? demanda Édouard.

– C'est vrai, lançai-je. Tu n'étais pas avec nous quand nous avons traversé le lac aux sirènes. En fait, selon ce que Shania nous a dit, les sirènes sont des créatures très intelligentes qui vivent dans l'eau. Pour se nourrir ou simplement s'amuser, elles utilisent un chant mélodieux afin d'hypnotiser leurs proies et ainsi les attirer dans l'eau.

– Donc, j'ai vraiment passé proche de prendre un bain, constata Édouard.

Nous pouffâmes de rire.

– Que faisons-nous maintenant ? demandai-je à mes amis.

– L'épreuve consiste à trouver ce qui se passe dans cette fontaine, expliqua Édouard. Je ne crois pas que les maîtres voulaient qu'on se lance dans une chasse aux sirènes.

– Très bien, fis-je. Nous allons fermer avec quelques bouts de bois l'entrée de cette fontaine afin que personne ne puisse y tomber. Ensuite, nous irons faire état de nos constatations à nos maîtres. Ils nous indiqueront la suite. S'ils veulent que nous revenions, nous nous équiperons en conséquence.

– C'est une très bonne idée, admit Édouard.

– En ce qui me concerne, dit Thim, toute idée qui me tient loin de l'eau est bonne.

Nous pouffâmes de rire.

De retour à Gardolon, j'allai aussitôt avertir maître Arolen.

– Maître Arolen, nous avons trouvé l'origine des voix dans la fontaine, annonçai-je. Ce sont des sirènes. Nous avons bloqué la fontaine pour éviter des accidents. Mais nous nous demandions ce que vous vouliez qu'on fasse avec les sirènes ?

– C'est très bien, Ralph, me félicita le maître. Nous savions qu'il s'agissait de sirènes. Nous voulions simplement que vous le découvriez en contournant leurs chants hypnotiques. Vous avez réussi avec succès.

Le maître fit une courte pause.

– Tu dois savoir, Ralph, qu'il y a fort long-temps, poursuivit-il, une sirène nommée Xyral a sauvé la vie du roi de Gardolon. Depuis ce temps, nous laissons les sirènes en paix. Quand nous aurons un peu plus de temps, je t'expliquerai en détail cette petite histoire. En attendant, je dois t'aviser que le roi veut vous rencontrer, toi et tes amis, demain matin. Je te laisse donc aller te reposer.

Il esquissa un sourire.

– Donc il ne me reste qu'à te féliciter, continua-t-il. Bravo, Ralph ! Tu es sur la bonne voie pour devenir un mage or (niveau 3).

Je remerciai maître Arolen et partit fièrement…

Chapitre 3
La requête du roi

Le lendemain matin, je me réveillai en sueur, le cœur battant et les mains moites. Je venais de faire un cauchemar. Pourtant, mon rêve me semblait si réel. Je voyais un grand magicien au teint bleu foncé portant une robe bleu et jaune. Près de lui se tenait une créature cadavérique très affreuse. À eux deux, ils détruisaient tout sur leur passage d'un simple regard. J'avais la chair de poule. C'était la première fois qu'un cauchemar me semblait si vrai.

– Toc ! Toc ! entendis-je.

Quelqu'un cogna à la porte et je me suis surpris à penser que ce pouvait être la créature.

La porte s'ouvrit et j'aperçut Nielle.

– Ouf ! m'écriai-je.

– Voyons, Ralph, se moqua Nielle, croyais-tu voir un fantôme ?

– Non ! m'exclamai-je. J'ai juste fait un cauchemar qui m'a un peu bouleversé.

Nielle était venue m'annoncer que le roi voulait nous rencontrer immédiatement au château. En route, je lui expliquai mon rêve. Elle me rassura et me donna quelques bons conseils pour mieux dormir.

– Nous sommes toujours heureux de rencontrer le roi, expliquai-je. C'est un grand homme dans tous les sens du terme. Il est bon, discipliné, brillant et reconnaissant. Nous lui devons beaucoup. Il nous a acceptés à Gardolon malgré notre différence, et cela, nous ne l'oublierons jamais.

À mon arrivée, je constatai que Thim et Édouard étaient déjà là. J'allai donc les rejoindre subtilement.

En avant, il y avait maître Arolen, maître Dynon et un drôle de petit homme. Je crois que c'était la première fois que nos maîtres nous convoquaient en même temps. Ce devait sûrement être quelque chose de très important.

– Bonjour, Thim, bonjour, Ralph ! dit le roi.

– Bonjour, Sire, répliquai-je, un peu inquiet.

J'avais de la difficulté à me concentrer sur les paroles du roi. Je ne pouvais déplacer mon regard du petit homme. Cet être était vraiment étrange : il devait mesurer 1,20 mètre (c'est environ la grandeur d'un enfant humain de 8 ans), mais il avait le visage d'un jeune homme de 16 ou 18 ans, avec de la barbe au menton. Il était aussi très costaud, plus costaud même qu'Édouard. Sa carrure était très impressionnante. Il avait dans son dos un immense marteau, un marteau beaucoup trop gros pour lui, d'ailleurs.

– Ralph ! Es-tu avec nous ? me demanda le roi.

– Oui, Sire, lui répondis-je. Je suis désolé !

– Nous vous avons convoqués aujourd'hui pour quelque chose de très important, le roi expliqua-t-il. Je vous présente Rayco, du village de Turco. Les nains demandent notre aide.

– Les nains ? s'exclama Thim d'un ton incertain.

– Oui, Thim, les nains, répliqua le roi sans autre explication.

J'aurais bien aimé en savoir davantage sur les nains mais, étant donné la réponse que le roi venait de donner à Thim, j'ai compris que ce n'était pas le moment d'insister.

– Des événements insolites sont arrivés dans leur village, poursuivit le roi, laissant croire que la magie en serait à l'origine. Ayant peu d'expertise dans ce domaine, et ayant également peu d'intérêt pour la magie, les nains nous demandent notre assistance.

– Mais ils habitent très loin, Édouard fit-il remarquer.

– Oui, convint le roi. Ils demeurent très loin. Au nord, dans la montagne, à environ 15 jours de marche. S'ils sont venus jusqu'ici, c'est qu'il y a vraiment quelque chose qui les inquiète.

Le roi continua, mais d'une voix laissant percevoir une certaine inquiétude.

– Malheureusement, une partie de la garde royale est présentement déployée à l'ouest, expliqua-t-il, car nous avons aperçu des ogres tout près, venant de cette zone. Les autres gardes doivent rester ici pour protéger le château. Nous avons donc pensé à vous.

– À nous ! m'exclamai-je.

– Oui, Ralph ! fit le roi. Dynon et Arolen m'ont confirmé que vous avez les connaissances et l'expérience nécessaires pour aller étudier ce qui se passe chez les nains. Et, dans quelques semaines, nous serons en mesure de vous envoyer des renforts.

Le roi nous rappela qu'il ne s'agissait pas d'aller jouer aux héros, mais d'étudier ce qui se passe là-bas.

– Cette mission vous servira également d'épreuve pour votre niveau or (niveau 3), nous annonça-t-il. Ce n'est pas la coutume de procéder ainsi : c'est la première fois que nous envoyons des gens de niveau argent (niveau 2) pour représenter notre royaume. J'ai confiance en vous et je sais que vous êtes à la hauteur.

Il se tourna vers Thim.

– N'est-ce pas, Thim ? fit-il en le regardant droit dans les yeux.

– Certainement, Sire ! répliqua Thim.

Le roi s'adressa ensuite à moi.

– Ralph ! s'exclama-t-il.

– Oui, Sire, me contentai-je de répondre.

– Tu vas recevoir cette semaine un entraînement très spécial, le roi m'apprit-il, un entraînement qu'aucun magicien argent, avant toi, n'a eu la chance d'avoir. Nous allons t'enseigner certaines magies qui pourraient t'être nécessaires dans cette quête.

– Ah, oui ! m'exclamai-je, un peu excité et emballé.

– Maître Arolen t'en dira davantage sur ce sujet demain, à ton entraînement, le roi m'expliqua-t-il. Mais rappelle-toi que tu as seulement une semaine pour apprendre les magies qui te seront enseignées.

– Est-ce qu'Édouard vient avec nous ? demanda Thim.

– Désolé, Thim, répondit le souverain, mais Édouard doit rester ici. J'ai besoin de lui. Vous devrez vous débrouiller seuls, Ralph et toi.

Thim blanchit légèrement.

– Nous vous préparerons tout ce dont vous aurez besoin pour votre voyage, conclut le roi. Avez-vous d'autres questions ?

– Non, Sire, répondis-je. Tout semble clair !

– Donc, vous devriez aller vous reposer, suggéra le souverain. Cette semaine sera très épuisante.

Sur ces mots, il repartit, accompagné des deux maîtres et de Rayco, le petit homme.

Nous aurions eu beaucoup d'autres questions à poser, mais je crois que nous étions encore sous le choc. Nous étions un peu excités à l'idée de partir, mais aussi très nerveux de ce que nous allions découvrir dans ce village.

***

C'était la première fois que je voyais un nain. Grand-père m'avait déjà parlé de ces drôles de petits êtres, mais j'étais certain qu'il s'agissait de personnages de contes fantastiques.

Aussitôt sorti, je m'empressai d'effectuer quelques recherches sur les nains. Voici ce que j'ai découvert.

Les nains vivent dans le vieux monde, particulièrement dans les montagnes. Ils sont de petite taille, mais trapus ; ils mesurent environ 1,20 mètre et pèsent près de 70 kilogrammes. Les nains ont généralement de longues barbes. Leur peau est de couleur brunâtre et leurs cheveux sont noirs ou gris. Ils sont têtus et aiment la bonne chère et les boissons fortes. Par-dessus tout, ils adorent l'or et les bijoux. Ce sont de rudes guerriers qui détestent la magie. Ils sont méfiants envers les étrangers, mais généreux avec ceux qui ont réussi à gagner leur confiance. Les nains bénéficient de l'infravision, ce qui leur permet de voir dans l'obscurité. Ils détestent particulièrement les ogres. Tous les nains sont des experts dans les mines et d'excellents forgerons. Ils peuvent parfois détecter des pièges et des passages secrets.

Leur sagesse se mesure à la longueur de leur barbe. Les nains sont dotés d'une force extraordinaire et ils vivent plus longtemps que le commun des mortels (jusqu'à 250 ans). Ils connaissent les secrets de l'acier et savent forger les meilleures armes. Leur arme préférée est le marteau, un outil qu'ils tiennent à deux mains.

« Quelle race étrange mais intéressante », me dis-je en moi-même.

***

La semaine fut réellement difficile, car notre entraînement était très intensif. En plus de perfectionner mes magies actuelles, je devais en apprendre deux nouvelles : la « détection » et la « protection magique ».

La détection permet de découvrir ce qui est magique. La protection magique, quant à elle, est un outil très puissant. Elle crée une aura de trois mètres radius autour du mage, empêchant la magie de pénétrer. La persistance de ce sort dépend de l'apprentissage du mage. Cette magie peut aussi servir à supprimer un envoûtement effectué sur un objet.

Chapitre 4
Le voyage

Le matin venu, nous étions prêts pour le grand voyage. Le roi avait fait préparer le nécessaire.

Nous partîmes anxieux mais honorés d'avoir été choisis. Il y avait Thim, Shan, Rayco le nain et moi.

Si tout se déroulait comme prévu, nous devions arriver dans les 10 à 12 jours.

Nous profitâmes du trajet pour mieux connaître Rayco.

— Dis-moi, Rayco, tu as quel âge exactement ?

— J'ai 18 ans, répondit-il. Et vous ?

— En fait, c'est un peu compliqué. Nous avons 160 ans, ce qui représente 16 ans chez les humains. Oui ! les elfes vivent 10 fois plus longtemps que les hommes. Est-ce la première fois que tu rencontres des elfes ?

– Oui ! s'exclama Rayco. Nous, les nains, nous ne sortons pas beaucoup de nos grottes. D'ailleurs, ça ne fait pas très longtemps que nous connaissons les humains. Il y a environ 100 ans, nous avons eu des problèmes avec des ogres. Nous avons eu besoin d'aide pour vaincre ces géants et les humains ont accepté avec joie de nous porter renfort. Depuis ce temps, nous sommes amis avec eux. Cependant, en ce qui concerne les elfes, c'est la première fois que nous en voyons. Êtes-vous tous aussi grands ?

– Oui et non, répondis-je en souriant, nous ne sommes pas très grands pour des elfes. Dis-moi, Rayco, comment est ta ville ?

– Vous allez aimer l'endroit, le nain commença-t-il. Notre ville est très différente de la vôtre en ce sens qu'elle est située dans une mine.

– Ah oui ! m'exclamai-je en regardant Thim d'un air inquiet.

Rayco était une personne très intelligente et, malgré les apparences, il était très sympathique et sociable.

***

La nuit tomba pour une huitième fois. Je pris le premier tour de garde, et Thim, le suivant.

Vers les deux heures du matin, nous nous réveillâmes en sursaut au son des cris de Thim.

– Réveillez-vous ! s'écriait-il. Nous sommes attaqués !

Il y avait un brouillard très dense et, derrière celui-ci, des yeux jaunes scintillants semblaient se rapprocher lentement. Apeurés, nous brandîmes nos armes.

– Une meute de loups ! cria Rayco.

Nous étions effectivement entourés par une vingtaine de loups. Aucun ne semblait effrayé par les flammes.

Leur rage était évidente. Les crocs sortis, la bave à la bouche, ils approchèrent avec insistance.

Au moment où ils allaient nous attaquer, un énorme loup blanc, sorti de nulle part, sauta au cou du chef de la meute. Un combat sanguinaire commença. Tout n'était qu'hurlements, coups à la gorge et morsures à la tête. Les deux adversaires se battaient avec acharnement.

Thim avait bandé la corde de son arc et Rayco tenait son marteau à la main. Ils attendaient juste le bon moment pour attaquer.

Cependant, tous les loups restaient immobiles, comme s'ils guettaient le dénouement du combat.

La bataille fut très longue et très brutale, jusqu'au moment où le chef de la bande s'écrasa au sol en y laissant son dernier souffle. D'un dernier effort, le loup blanc se tourna vers la meute et lança un hurlement très puissant. La meute réagit et s'enfuit rapidement.

Le loup blanc se tourna vers nous et son image s'évanouit.

Quelques secondes plus tard, il s'était transformé en une jolie fillette...

– C'est Shania ! m'exclamai-je. Vite, nous devons l'aider !

Je dus répéter cette phrase trois fois avant que Thim et Rayco ne réagissent, probablement figés par la surprise. Pendant que Thim sortait le bodum, j'expliquai la situation.

– Vous connaissez maintenant le grand secret de Shania, commençai-je. Elle nous suit depuis près d'un an. C'était bien elle, Shan, le petit chaton. Te rappelles-tu, Thim, de l'écureuil ? Eh bien, c'était également elle. Elle est druide et possède le pouvoir de se changer en animal. Vous comprendrez maintenant que vous ne devez en parler à personne. Les druides ont été chassés des villes, il y a bien des années, à cause de ce pouvoir. Maintenant, ils sont très craintifs.

Je n'avais pas encore terminé mes explications quand nous entendîmes soudain un immense cri provenant de derrière nous.

Deux énormes silhouettes apparurent et foncèrent sur nous, tenant dans leurs mains une grosse massue.

C'étaient des ogres qui avaient été attirés par le feu et les hurlements.

L'un fonça sur Rayco avec détermination. Je visai aussitôt le second de ma baguette et prononçai « ado re la fa re fi… Toile ». Pouf ! Une énorme toile se forma autour de l'ogre et l'emprisonna. Pendant ce temps, Thim banda la corde de son arc et projeta deux rapides flèches dans la direction du géant.

De son côté, Rayco se battait avec une force de colosse, tenant à deux mains son immense marteau. Après quelques coups, l'ogre s'écroula au sol.

Sans perdre de temps, Rayco courut nous rejoindre et fonça sur l'ogre encore debout. Thim tirait des flèches pendant que je lançais de nouveau ma « toile » afin de m'assurer que le géant ne puisse bouger. Le combat fut bref et Rayco assomma rapidement l'ogre.

– Personne n'a été blessé ? m'inquiétai-je.

– Non… juste surpris ! répondit Rayco. Ce sont des ogres. Il doit y en avoir d'autres dans le secteur. Nous ne devons pas rester ici. Comme la nuit achève, il nous faudrait partir maintenant. En ce qui concerne Shania, je crois que nous pouvons la transporter sur une civière.

C'était la première fois que je rencontrais des ogres. Ces affreuses créatures sont des plus horribles ; elles ont une apparence mi-homme, mi-animal. Même si elles ne semblent pas très aguerries, elles sont dangereuses. Nous avions été chanceux qu'elles ne fussent que deux.

Après quelques heures, Shania reprit conscience.

– Merci, Thim, pour les soins… articula-t-elle d'une voix affaiblie. Pourrais-tu aller fouiller dans mon sac et me donner la petite fiole rouge, s'il te plaît ?

Ce que Thim fit.

Aussitôt après avoir porté la fiole à sa bouche, Shania reprit des forces et des couleurs.

– Qu'est-ce que c'est ? s'enquit Thim.

– Ce genre de fioles contient des potions de guérison, Shania expliqua-t-elle. Seuls les druides peuvent en concocter, mais peut-être t'apprendrai-je un jour à en fabriquer.

Thim sourit et remercia Shania en lui assurant qu'il garderait le secret.

Sur ces mots, Shania se transforma de nouveau en chaton et me rejoignit.

Chapitre 5
La ville

Après exactement 15 jours de marche, nous arrivâmes enfin dans les montagnes de Turco. Nous nous trouvions au milieu d'énormes massifs dont les extrémités se perdaient dans les nuages.

– C'est ici ! annonça Rayco en pointant du doigt un grand trou dans la montagne.

Nous entrâmes dans une immense grotte dont la pénombre était atténuée par une légère clarté. La lumière provenait de petits trous très fins, percés dans les parois et distancés de trois mètres chacun, comme s'ils avaient été faits pour tamiser la lueur du jour. Malgré tout, l'endroit était très propre et aucune odeur désagréable ne s'en dégageait.

Tout au fond se trouvait une immense porte de bronze avec quelques dessins au centre.

Alors que nous nous en approchions, une voix très forte et caverneuse résonna à nos oreilles.

— Quel est le mot de passe ?

— Ouvre-toi, ouvre-toi ! ordonna Rayco. Me voici, le nain d'ici !

— Ouuiitch !

Nous entendîmes des bruits de serrure et, dans un grincement, la porte s'ouvrit très lentement.

— Wow ! s'exclama Thim. Une porte magique !

Rayco le regarda dans les yeux et éclata de rire.

— Non, Thim ! fit-il. C'est simplement un garde qui a ouvert !

Je me mis à rire à mon tour, même si, à vrai dire, pendant quelques secondes j'avais eu moi aussi des doutes sur la porte...

L'entrée donnait sur une immense grotte. Je devrais plutôt dire sur une ville souterraine...

— Bienvenus chez nous ! lança Rayco. Je vais commencer par vous montrer vos quartiers et, ce soir, nous ferons le tour de la ville !

C'était un endroit un peu étrange. Nous étions bien dans une caverne, mais, de tous côtés, le sol et les parois étaient polis comme du marbre.

Il y avait beaucoup de nains mais peu d'entre eux nous saluèrent, probablement trop concentrés sur leur travail.

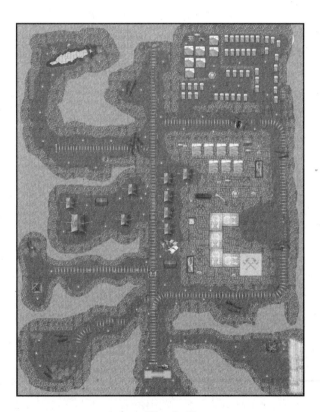

La ville de Turco

Rayco nous conduisit dans une zone du nord-est en passant par des couloirs immenses, entrecoupés d'intersections menant à des carrières.

C'était impressionnant de voir une telle installation. Afin de transporter le minerai d'un endroit à l'autre, les nains s'étaient munis d'un réseau de rail et se déplaçaient à l'aide de petits chariots.

Nous arrivâmes dans une immense pièce remplie de lits, tous entassés les uns près des autres. C'était très différent de ce que nous étions habitués à voir.

– Voici vos lits ! déclara Rayco en désignant deux petites couches.

Après que nous eurent déposé nos bagages, Thim prit un grand élan et sauta sur son lit. Je ne pus m'empêcher de rire. Thim avait les deux pieds dans le vide. La couche était beaucoup trop petite. Rayco se mit à rire également et tint à nous rassurer en disant qu'il s'occuperait de régler le problème.

Un fois installés, nous partîmes faire un tour dans la ville.

La cité était divisée en plusieurs sections. Dans celle du nord-est se trouvaient les quartiers et les dortoirs des nains. Au centre se situaient tous les commerces et les petites tavernes. La zone de l'est était réservée au chef et à sa garde. Des carrières prenaient place un peu partout.

Nous avons été impressionnés d'apprendre que la majorité des nains travaillent plus de 10 heures par jour à extraire du minerai. Mais ce n'est pas tout, ils passent aussi près de 5 heures par jour à l'entraînement. Malgré leur petite taille, ils sont d'une force et d'une constitution impressionnantes. Je crois que même les humains les plus forts n'arriveraient pas à faire ce qu'ils font.

Lorsqu'ils ont un peu de temps libre, ils se retrouvent à la taverne pour prendre un petit verre. Ici, la boisson favorite est le trail. C'est un breuvage très fort et je pense qu'un seul verre réussirait à m'étourdir.

Les nains aiment beaucoup les histoires. Comme ils voyagent peu, ce sont souvent des récits inventés. Il est inutile de vous dire que Thim est rapidement devenu une vedette.

Dès le premier soir, il raconta son combat contre la veuve noire.

– Je suis Thim de Tadan, commença-t-il, et je vais vous raconter la fois où j'ai affronté seul la veuve noire ! Cette créature ressemble à une araignée gigantesque. Elle est aussi grande que cette pièce. J'arrivai près de sa demeure… une immense caverne noire et maléfique. Une odeur nauséabonde en émanait. J'avançai doucement vers la bête. Heureusement, je pouvais voir dans l'obscurité et j'aperçus la veuve noire avant qu'elle ne se rende compte de ma présence. Je lui décochai alors deux flèches directement dans les yeux, ce qui la rendit aveugle. Paniquée, elle me lança sa toile d'araignée, que j'évitai facilement en sautant de côté. Sans tarder, je lui expédiai droit au cœur deux autres flèches qui l'achevèrent.

Il faut dire que Thim savait donner un bon spectacle.

Chapitre 6
La rencontre
avec le chef

Le lendemain, Rayco nous amena voir le chef. Il nous conduisit dans une belle pièce décorée. Le plancher était recouvert d'un tapis rouge et les murs étaient garnis de peintures représentant des nains au combat. Au nord de la pièce se trouvait un nain très costaud arborant une longue barbe blanche. Il était assis sur une belle chaise ornée de diverses pierres brillantes. À ses côtés se tenaient deux nains très carrés, équipés d'une armure et d'un marteau de guerre.

— Bonjour Rayco, et bonjour à vous ! dit le vieil homme. Je suis Tyro, le chef de cette ville. Vous êtes donc les envoyés de Gardolon. Je suis surpris qu'il nous envoie des elfes pour le représenter. Dites-moi, vous êtes natifs de quel endroit ?

– Nous sommes natifs d'un tout petit village nommé Tadan, expliquai-je, mais nous vivons avec les humains depuis près de trois ans. Depuis ce temps, nous avons appris leurs enseignements.

– Vous devez être des gens dignes de confiance et très remarquables pour avoir été choisis afin de représenter les humains ! nous complimenta le chef. De ce fait, vous êtes les bienvenus chez nous.

– Merci, répondis-je. C'est un honneur de vous rencontrer et de vous offrir notre aide.

– Je suis content d'entendre ces mots car nous avons effectivement besoin d'aide, avoua le chef. Depuis un certain temps, des événements étranges se déroulent dans la zone sud-est (zone 7). Tout a commencé par des bruits étranges provenant des parois des murs. Quelque temps après, on n'arrivait pas à creuser le mur du fond. Et, depuis quelques semaines, deux de nos confrères ont disparu sans laisser de traces. Après avoir bien examiné le mur, nous avons cru qu'il y avait quelque chose derrière. Malgré tous nos efforts, nous ne sommes pas arrivés à traverser ce fameux mur et croyez bien que rares sont les parois qui peuvent nous résister !

Il réfléchit un moment.

– Nous ne sommes pas très croyants en la magie, poursuivit-il. Nous préférons utiliser la force pour atteindre nos objectifs mais, cette fois-ci, nous devons nous incliner et accepter que quelque chose d'anormal soit en cause. Croyez-vous pouvoir nous aider ?

– Nous essayerons, répondis-je. Je possède un bon apprentissage de la magie et nous avons emmené avec nous quelques outils permettant de vérifier s'il y a présence de sorcellerie.

– Bien ! approuva le chef. Je vous suggère d'aller voir dès maintenant cet endroit étrange.

Le chef Tyro nous accompagna dans la zone en question, qui était située au sud-ouest. C'était une caverne semblable aux autres, à l'exception de la paroi du fond qui semblait un peu étrange.

Rayco prit un pic et, dans un grand élan, le frappa contre la pierre. Un bruit sourd en émana. Au lieu de fracasser la roche comme d'habitude, le pic se brisa en deux.

– C'est ici que les événements se passent, expliqua le chef Tyro. C'est le mur en question.

– Je vois, dis-je. Si vous me le permettez, je vais vérifier si la magie est en cause…

– Allez-y ! s'exclama le chef.

Sur ces mots, je lançai la magie « la détection ».

Une lumière intense jaillit aussitôt du mur. Elle était si forte que nous en fûmes aveuglés un instant.

– Je n'ai jamais vu une telle lumière auparavant ! m'écriai-je. Ce mur est bien une porte magique d'une grande puissance !

Shania me fit remarquer que certaines traces au sol semblaient traverser la porte.

– Nous assistons bien à des événements magiques extraordinaires ! expliquai-je. Je vais devoir aller réfléchir à ce que nous pouvons faire.

Sur ces mots, je quittai la pièce. J'étais quelque peu perplexe…

La recherche

J'aurais bien aimé que maître Arolen fût là. Il aurait certainement pu m'aider à comprendre cette énigme. Je dois avouer que je pensai un instant à retourner à la ville de Gardolon. Finalement, je me résignai en me disant que la cité était trop loin et que le temps nous manquait.

J'avais amené avec moi quelques livres sur la magie. Peut-être y trouverais-je quelque chose qui pourrait m'aider…

J'entrepris donc une lecture très détaillée de mes livres. C'est en prenant connaissance du troisième ouvrage que je trouvai une donnée très intéressante. Il y avait des informations concernant les portes magiques. Je prêtai particulièrement attention à la section intitulée « Comment les enlever ». Il était mentionné que pour effacer le sortilège d'une porte magique, trois ingrédients étaient nécessaires : la « protection magique », une des formules magiques décrites dans le livre et une pierre enchantée.

La démarche proposée ne semblait pas très difficile : le magicien devait tenir dans sa main droite la pierre enchantée et, en lançant la « protection magique », il devait prononcer les paroles suivantes : « Ado su the sali osa rep do. » Et la magie disparaîtrait...

Donc, d'après ce livre, il ne nous manquait qu'un seul ingrédient : la fameuse pierre enchantée...

En fouillant dans les autres ouvrages, je trouvai des informations sur cette pierre. En fait, il existe plusieurs pierres enchantées dans le monde et, selon le livre, il en avait une tout près d'ici, soit à environ une journée de marche. L'ouvrage renfermait également une carte avec des instructions détaillées sur l'emplacement de la fameuse pierre.

Une fois que j'eus terminé mes recherches, je m'empressai d'en faire part à mes amis. Après que j'eus expliqué mes découvertes, mes compagnons se portèrent tous volontaires pour le voyage, sauf Thim, bien sûr, qui émit quelques réserves.

– Nous n'avons rien à perdre, lui répliqua Shania.

– Oui, mais le roi a bien dit de ne pas jouer aux héros ! protesta-t-il. On devrait peut-être attendre les renforts !

– Reste ici, si tu veux, fit Rayco. Moi, je ne veux pas demeurer sans rien faire pendant que mes amis disparaissent dans cette maudite porte.

– O.K., je serai des vôtres ! maugréa Thim.

Nous allâmes discuter de notre plan avec le chef Tyro. Celui-ci n'était pas convaincu de la nécessité d'une telle aventure, mais notre détermination le convainquit.

Sauf que, désormais, la pression allait être plus forte…

Chapitre 7
La pierre enchantée

Chargés de quelques provisions, et la carte en main, nous partîmes à la recherche de la pierre.

Nous suivîmes à la lettre toutes les indications de la carte et, après cinq heures de marche, nous nous arrêtâmes.

– La carte indique que c'est ici ! articulai-je d'un ton étonné.

Devant nous se trouvait un gigantesque lac dont l'eau verdâtre paraissait impropre à la consommation. Aucun pont ni aucune route apparente ne semblaient le traverser. Un épais brouillard nous empêchait de voir de l'autre côté du cours d'eau.

– Je vous avais dit qu'il ne fallait pas se fier à cette carte ! s'écria Thim. Nous sommes maintenant bien avancés. Nous avons perdu tout ce temps !

– Ne sois pas si négatif, Thim, lui conseillai-je. Je garde confiance en cette carte. Humm ! Il n'y a qu'une seule explication, et c'est probablement la raison pour laquelle cette pierre n'a pas été trouvée depuis ce temps. Oui, c'est ça ! Ça doit être ça !

– Quoi, Ralph ? me demanda Rayco.

– La pierre est sous le lac ! m'écriai-je.

– Quoi ! s'exclamèrent en chœur Thim et Rayco.

– Tu veux qu'on descende là dedans ? s'étonna Thim, apeuré. Dans ce trou d'eau verte que même les grenouilles ont déserté ?

– J'ai bien peur que oui, Thim ! répondis-je. Il va falloir trouver un moyen !

Au même moment, une petite voix se fit entendre.

– Moi, je peux aller voir !

C'était Shan, le chaton, ou plutôt Shania.

– Je peux aller explorer le lac, expliqua-t-elle, mais, vu la qualité de l'eau, je ne pourrai pas y rester très longtemps.

– C'est merveilleux, Shania ! m'exclamai-je. Quelle bonne idée. De cette façon, nous pourrons savoir s'il existe ou non une caverne sous cette mare d'eau.

– Je commence à aimer les druides, fit Rayco, un peu soulagé.

Sur ces mots, le chaton bondit dans l'eau d'un air déterminé.

– Shania va se promener comme ça, sous cette eau, en chaton ? demanda Rayco.

– Bien sûr que non ! répliquai-je en riant. Shania va se transformer en poisson.

– Un chat qui saute dans ce qu'il déteste le plus (l'eau) et qui se transforme en sa nourriture (un poisson), ce n'est pas ordinaire ça ! fit remarquer Rayco en pouffant de rire.

Nous éclatâmes aussi de rire.

– Ce sera une bonne histoire à raconter, dit Rayco.

– Ouin, mais il nous faudra être encore là pour la narrer ! admit Thim, très inquiet.

Après quelques heures, Shania refit surface et se retransforma en humain.

– Voilà ! commença-t-elle. Ce lac est dégoûtant. Je n'ai jamais vu une eau aussi sale et aussi brouillée. J'ai eu beaucoup de difficulté à faire le tour des lieux, mais je crois que j'ai trouvé quelque chose, tout près, mais bien au fond du lac. On dirait un couloir menant à une grotte souterraine. J'ai fait quelques pas à l'intérieur mais, après avoir entendu des bruits, je me suis dit qu'il était préférable pour moi de ne pas rester seule. Je crois que nous pourrons y arriver.

– Quoi ? s'écria Thim. Descendre là-dedans ? Nous ne pouvons même pas respirer sous l'eau.

– La seule difficulté, expliqua Shania, c'est de descendre au fond. Une fois dans le couloir, il n'y a presque plus d'eau et on peut respirer.

– Humm… nous devons le faire, conclus-je. Voilà ce que je vous suggère. Je peux vous permettre de respirer sous l'eau grâce à mon apprentissage de la magie « respiration », mais cette magie ne persiste que quelques minutes. Donc, il ne faudra pas perdre de temps.

Personne ne s'exclama de joie à l'idée de descendre dans cette eau dégoûtante, mais tous étaient conscients de l'importance de le faire.

Avant de descendre, Shania nous donna quelques consignes.

– Auparavant, commença-t-elle, abandon-nez tout ce qui est inutile, ou non nécessaire, afin de ne pas vous alourdir. Ensuite, assurez-vous de toujours tenir la main de celui qui est derrière vous. C'est moi qui vous guiderai. Et, pour terminer, il serait préférable de ne pas avaler de cette eau, car je crois qu'elle est nocive.

– Avez-vous vraiment besoin de moi ? demanda Thim. Peut-être serait-il mieux que quelqu'un reste ici pour surveiller nos affaires…

Thim ne reçut aucune réponse à sa question et comprit très vite qu'il devrait aussi pénétrer dans cette eau..

Suivant les consignes de Shania, nous nous départîmes de tout ce qui était superflu et, à tour de rôle, une fois la magie « respiration » obtenue, nous sautâmes dans le lac.

Après quelques minutes qui nous parurent des heures, nous arrivâmes dans le couloir de la grotte.

À vrai dire, je n'ai pas vu beaucoup de choses du lac. J'avais les yeux et la bouche fermés. Nous nous sommes laissé guider par Shania. Je n'ose pas imaginer ce qui aurait pu se passer si elle nous avait lâchés….

Après nous être légèrement nettoyés des algues du lac, nous entrâmes dans le couloir. Rayco pénétra le premier dans la caverne avec son marteau, qu'il tenait fermement des deux mains, prêt à attaquer au besoin. Thim et moi, nous le suivions de près. Shania était sous sa forme humaine et surveillait nos arrières. Une odeur très désagréable régnait, rappelant la puanteur de carcasses d'animaux et de poissons pourries. Le sol était couvert d'eau et de boue. Malgré nos efforts, il nous était difficile de ne pas faire de bruit.

Nous progressions prudemment dans un long couloir étroit. Tout au bout, où bifurquait le passage, nous arrivâmes dans un vaste espace noir.

– Qu'est-ce que ce grand filet fait ici ? demanda Rayco.

Il y avait en effet un énorme filet tressé, tendu au milieu de la salle.

– Ce n'est pas un filet, expliqua Thim. Ça ressemble à... c'est une toile d'araignée !

Au même moment, je dirigeai ma lumière vers le plafond, me rappelant notre dernière aventure.

Au sommet de la toile, près du toit de la caverne, était blottie une énorme araignée de la taille d'un poney. La créature semblait nous observer de ses six yeux, mais ne bougeait pas.

Thim décocha aussitôt deux flèches qui atteignirent leur cible. Cependant, l'araignée n'eut aucune réaction. Elle restait immobile...

– Préparez-vous ! ordonnai-je. Je vais lancer ma magie « boule de feu ».

Le temps de prononcer la formule et une immense boule de feu éclata sur la créature, qui s'enflamma et tomba au sol. Contre toute attente, l'araignée ne réagissait toujours pas...

La vilaine créature était déjà morte avant notre arrivée.

– Ouf ! s'exclama Thim. Nous sommes donc très chanceux !

– Ne parle pas trop vite, lui répliquai-je. Nous avons un problème beaucoup plus grand. Ce qui m'inquiète maintenant, ce n'est pas l'araignée, mais la chose qui l'a tuée !

Au même moment, nous entendîmes un bruit derrière nous. Nous eûmes à peine le temps de nous tourner que nous recevions une décharge électrique qui nous paralysa quelques secondes.

Devant nous se tenait une créature mi-homme, mi-poisson. Elle était d'un bleu vif et possédait le corps d'un homme mais la tête d'un gros poisson. Cette créature repoussante semblait directement sortie d'un conte fantastique ! Elle tenait dans ses mains un immense bâton dont l'extrémité avait la forme d'une tête de crabe. Sur son cou brillait un immense diamant rouge.

Elle pointa de nouveau son bâton vers nous…

– Arrêtez ! criai-je de toutes mes forces. Nous venons en amis !

La créature me répondit en lançant de nouveau vers moi un choc électrique qui me fit très mal. Je mis un genou au sol pour ne pas tomber complètement. Je perdis presque conscience.

Aussitôt, Rayco chargea la créature et Thim lui décocha deux flèches.

Les flèches touchèrent la cible et la créature fit deux pas en arrière. Elle répliqua en lançant une autre charge électrique sur Thim, ce qui lui fit mal. Le malheureux avait reçu la charge dans l'épaule droite, et il avait maintenant le bras immobilisé. Il ne pouvait plus lancer de flèches. Pendant que Rayco se battait avec rage, je projetai ma « toile » à la créature. Je savais que je n'emprisonnerais pas ainsi le vilain monstre, mais que la manœuvre permettrait à Rayco de lui donner quelques coups additionnels.

Je ne pouvais pas utiliser ma « boule de feu », car j'aurais risqué de toucher aussi Rayco.

Alors, je pris un risque et je lançai la magie « transformation » en espérant que, cette fois-ci, les choses allaient fonctionner…

Plouf ! Catastrophe !

Rayco se transforma en lapin. Quel malheur ! J'avais mal visé et je l'avais atteint.

Surprise, la créature laissa Rayco et se dirigea vers moi à toute vitesse. J'étais paniqué, apeuré. Qu'est-ce que j'avais fait ? Qu'est-ce que j'allais faire ?

Je fermai les yeux et, de toutes mes forces, je lançai de nouveau la magie « transformation » en souhaitant probablement un miracle.

Pouf ! La créature se transforma en grenouille. Cette fois-ci, j'avais visé juste. Sans perdre de temps, je projetai sur le monstre mes « balles magiques ». La créature lança un coassement très fort et s'écroula au sol.

Elle était morte…

Quelques minutes plus tard, Rayco reprit sa forme et le bras de Thim retrouva sa force. Moi, j'étais encore sous le choc.

– Désolé ! m'excusai-je. Nous sommes passés proche d'y rester cette fois-ci, et ça aurait été de ma faute.

– Non, Ralph ! répliqua Rayco, nous avons réussi grâce à toi. Mais j'aimerais que dans l'avenir, si possible, tu n'utilises plus cette magie quand je suis dans ton champ de tir.

Nous avons tous pouffé de rire, mais en sachant fort bien que nous l'avions échappé belle.

Près de la créature, au sol, se trouvait un immense diamant rouge. C'était bien la pierre qu'on cherchait.

Je pris le diamant et nous retournâmes vite à Turco.

Chapitre 8
L'endroit secret

Dès notre arrivée à la ville, nous descendîmes près du mur magique. Nous avions maintenant tous les ingrédients pour désactiver la porte.

Malgré notre fatigue, rien n'aurait pu nous arrêter. Nous devions maintenant nous assurer du bon fonctionnement de la formule.

– Êtes-vous prêts ? demandai-je d'une voix déterminée.

Shania et Rayco répondirent positivement, mais Thim resta muet.

Je pris dans ma main droite la pierre enchantée et, en lançant la magie « protection magique », je prononçai les mots suivants : « Ado su the sali osa rep do ».

Aucun bruit ne se fit entendre. Rien de spécial ne se produisit.

– Ça n'a pas marché ? s'enquit Thim.

– Attends ! m'exclamai-je.

Je me retournai vers Rayco.

– Essaie avec le pic ! lui ordonnai-je.

Rayco prit le pic et frappa de toutes ses forces sur le mur.

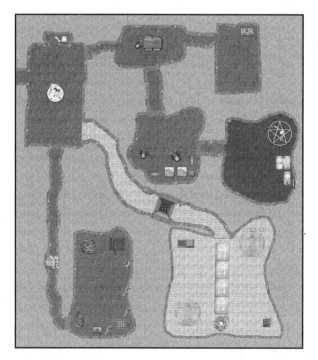

Le sanctuaire du mage

Paf ! Le pic traversa la pierre et en fit jaillir une lumière jaunâtre. La magie avait bel et bien disparu. Après quelques coups de pic, nous aperçûmes de l'autre côté une pièce gigantesque remplie de lumières étincelantes.

Nous venions de découvrir un endroit secret.

– Qu'est ce qu'on fait ? demanda Thim. Doit-on aviser quelqu'un ?

– Allons plutôt voir d'un peu plus près, répliqua Rayco.

Sur ces mots, nous pénétrâmes dans le grand trou.

L'entrée

Nous enjambâmes le mur et nous entrâmes dans une grande pièce rectangulaire. La lumière provenait des torches accrochées au mur mais, étrangement, celles-ci n'étaient pas allumées avec du feu. C'était comme si on avait lancé la magie « lumière » sur chacune d'elles.

Au centre de la pièce se trouvait une immense statue de pierre qui reposait sur un support bordé de belles roches brillantes.

Il y avait aussi deux petites portes de bois ainsi qu'une grande porte dorée.

Je relançai mon sort de détection de magie et toute la pièce s'illumina, particulièrement la statue et la porte dorée.

Pendant que Thim examinait la statue, je me dirigeai prudemment vers la porte dorée. J'étais énormément intrigué par l'immensité de cette fameuse porte, sa substance et bien sûr sa magie.

Je tournai la poignée délicatement mais celle-ci était bloquée. Bizarrement, il n'y avait pas de serrure à la porte ; il n'y avait qu'un petit trou de la grosseur d'un caillou. Je compris rapidement que nous aurions besoin d'une pierre spéciale pour entrer.

Thim eut l'excellente idée d'essayer de prendre quelques diamants sur la statue.

Au moment même où le premier diamant fut enlevé, nous entendîmes un énorme grincement rappelant le crissement du métal rouillé.

– Attention ! prévins-je mes amis. C'est la statue ! Elle bouge…

L'énorme statue quitta son support et avança vers Thim. Je lui lançai aussitôt mes « balles magiques », mais ces dernières ne lui causèrent aucun dégât. Rayco la frappa de toutes ses forces, lui arrachant quelques éclats de pierre, mais elle ne ralentit pas. La statue élança son bras pour frapper Thim. À la dernière seconde, le malheureux sauta de côté et l'évita de justesse. Le poing de la statue continua sa trajectoire et alla frapper le mur, le défonçant. L'ouverture ainsi obtenue laissa entrevoir une petite pièce.

Je lançai simultanément les magies « boule de feu » et « toile », mais sans obtenir de succès avec ni l'une ni l'autre. Pendant ce temps, Thim courait autour de la pièce afin d'éviter la créature. Rayco, déchaîné, frappait la statue avec son marteau et Shania l'attaquait avec ses crocs de loup.

Soudain, une idée me vint à l'esprit.

– La pierre, Thim, la pierre ! m'écriai-je. Remets la pierre à sa place !

Thim sauta d'un grand bond et remit la gemme sur le support à l'endroit où il l'avait prise.

La statue fit demi-tour, s'avança, enjamba son support et arrêta de bouger.

– Ouf ! fit Rayco, soulagé, nous l'avons encore une fois échappé belle.

– À l'avenir, Thim, ne touche à rien, O.K. ? le suppliai-je, un peu essoufflé.

Après avoir repris notre respiration, nous nous dirigeâmes vers le trou qu'avait fait la statue dans le mur nord.

De l'autre côté semblait se trouver une petite pièce secrète. Rayco, en examinant de près le mur, trouva un mécanisme permettant d'y entrer.

C'était une toute petite salle qui contenait un grand coffre de bois.

– Un trésor ! lança Thim.

Rayco manœuvra quelques minutes la serrure et soudainement… crack ! Le cadenas s'ouvrit.

C'était bien un trésor. Il y avait à l'intérieur de nombreuses pièces d'or, des pierres très brillantes et un grand parchemin. Je regardai le document, mais ce dernier était rédigé dans une langue que je ne connaissais pas. Je l'emportai donc avec moi.

– Continuons, suggéra Rayco, nous viendrons reprendre le tout en sortant.

Et, sur ces mots, il partit vers la porte au sud.

– Je vais défoncer cette porte de bois, annonça-t-il d'un air décidé.

Il s'élança avec son grand marteau et paf ! La porte se fendit en deux, laissant entrevoir un grand corridor.

Le passage, très étroit, ne laissait place qu'à une seule personne de front. Le long des murs, des torches étaient disposées et le plancher était légèrement trempé.

Nous avançâmes doucement dans ce long tunnel. Rayco était devant, suivi de Thim, de Shania et de moi.

Tout à coup, un craquement se fit entendre sous les pieds de Rayco et deux énormes flammes jaillirent de chaque côté du couloir, juste au-dessus sa tête. Quelques centimètres plus bas et c'était le drame.

Rayco examina les murs et découvrit qu'un piège de feu se déclenchait dès qu'une personne marchait sur la pierre posée sur le sol.

Cet ingénieux piège semblait avoir été récemment installé, mais, apparemment, celui qui l'avait posé ne voulait pas nécessairement se protéger des nains…

Le long du reste du couloir, Rayco examina intensivement les murs afin de ne plus se faire prendre.

La prison

Rayco arriva à une autre porte.

– Je crois avoir entendu du bruit venant de cette pièce, chuchota-t-il. Tenez-vous prêts, je vais défoncer cette porte.

Comme il l'avait fait pour la première ouverture, il prit un grand élan et frappa la porte de toutes ses forces. Paf ! Celle-ci éclata en morceaux.

Au même moment, Rayco reçut un coup de bâton sur la tête et, étourdi, tomba au sol. Un ogre enragé sortit de la pièce et fonça sur moi à toute vitesse. J'eus à peine le temps de bouger mon bras que je recevais également un coup à la tête qui me fit perdre connaissance…

Quand je repris mes esprits, l'ogre était au sol. Quatre flèches étaient plantées dans son corps et un grand loup blanc se tenait sur son gros ventre.

Thim et Shania avaient réussi à vaincre le monstre.

– Nous avons été pris par surprise, fit remarquer Rayco. La prochaine fois, il faudra nous attendre à tout.

Nous entrâmes dans la pièce.

La salle était très sombre et il y régnait une odeur de décomposition.

Je fis « lumière ».

C'était une pièce toute en largeur. Le sol était recouvert d'une poussière très épaisse. Sur le côté est se trouvaient des chaînes rouillées fixées au mur.

– Venez vite ! dit Rayco.

Sur le mur ouest, attachées par des menottes scellées, se trouvaient quatre créatures. En nous approchant de plus près, nous constatâmes qu'il s'agissait de deux ogres et de deux petits hommes.

– Il s'agit des deux nains qui ont disparu, Greg et Prod ! annonça Rayco. Venez vite ! Nous devons les libérer.

Shania s'approcha à toute vitesse et, après avoir regardé les nains, elle se retourna tristement vers Rayco.

– Je suis désolée, Rayco, ils ont rendu l'âme.

Rayco, les yeux pleins d'eau, prit la clé sur l'ogre et détacha les deux cadavres pour les déposer au sol. Shania sortit de son sac une grande couverture noire et recouvrit les corps.

– Nous informerons le roi plus tard, dit Rayco. Maintenant je vais trouver celui qui est derrière tout ça...

Après avoir scruté rapidement la pièce, nous repartîmes pour prendre la porte nord-est.

D'un grand coup, Rayco défonça la porte. Il y avait de nouveau un long couloir.

Cette fois-ci, notre ami s'assura de bien examiner les parois du corridor lors de ses déplacements.

La salle à dîner

Quelques mètres plus loin, le couloir s'élargissait et laissait entrevoir une grande pièce.

On y apercevait un petit couloir à l'est ainsi qu'une porte de bois au sud.

Une immense table ronde faite de bois et pouvant accueillir certainement une dizaine de personnes prenait place au centre. Elle était recouverte d'assiettes et d'ustensiles dorés. Sur la table se trouvait un merveilleux festin composé de viandes, de poulets, de fruits, de pains et de diverses boissons.

Une agréable odeur semblait provenir de la pièce du fond.

Assise à la table, nous tournant le dos, une personne habillée de noir dégustait calmement son repas. Elle ne nous avait pas encore aperçus….

Je fis signe au groupe de se préparer.

Soudain, la personne se retourna en sursaut, et, tout en prononçant quelques mots, visa Rayco avec sa baguette.

Pouf ! Rayco fut changé en souris.

Thim décocha deux flèches. Le mage fut touché à la jambe et Shania, en loup, sauta sur lui.

Pendant ce temps, je m'efforçais de redonner à Rayco sa forme initiale.

Le mage lança un cri très puissant comme pour demander de l'aide et frappa Shania avec sa baquette.

Pouf ! Shania disparut aussitôt.

Rayco, ayant retrouvé sa force, fonça avec férocité sur le mage. Thim décocha de nouveau deux flèches et la vilaine créature fut touchée.

Moi, pris de panique, j'essayais de comprendre ce qui s'était passé avec Shania.

Les deux flèches de Thim et le grand coup de marteau de Rayco réussirent à assommer le mage, qui mourut quelques secondes plus tard.

– Que s'est-il passé ? demandai-je, effrayé. Qu'est-ce que ce malheureux a fait à Shania ?

Tout à coup, nous entendîmes des pas derrière nous.

Nous nous retournâmes rapidement et, à notre grande surprise, nous vîmes Shania qui arrivait au pas de course, un peu essoufflée.

– Shania !

– J'étais en plein combat et je me suis brusquement retrouvée à l'entrée de la grotte, expliqua-t-elle. Je ne sais pas trop ce qui s'est produit.

– Ouf ! dis-je, j'ai cru que… Bref, c'est probablement une magie que je ne connais pas.

Aussitôt remis de mes émotions, j'allai
regarder ce mage de plus près.

– Venez voir ! m'exclamai-je. Ce n'est pas
un humain. Cette créature a des oreilles poin-
tues comme les nôtres, mais elle est beaucoup
plus grande qu'un elfe. Regardez aussi son
visage. Il est d'un bleu très foncé et il porte un
signe sur le front. Il s'agit probablement d'une
relique magique.

– O.K., lança Rayco, continuons à faire le
tour. Le mage semblait demander de l'aide tantôt. Il doit y avoir d'autres sorciers.

Je me dépêchai donc de fouiller la créature
avant de partir.

Sur elle se trouvaient quelques pièces d'or
et un parchemin écrit toujours dans cette langue inconnue.

La cuisine

De l'autre côté de la porte nord se trouvait
une belle salle remplie de viandes et d'épices.
Tout au fond, il y avait un grand fourneau où
crépitait un puissant feu. Sur le dessus étaient
déposés deux grands chaudrons cuivrés qui
dégageaient une odeur attirante.

– C'est la cuisine, dis-je. Ce qui m'inquiète, c'est que le feu est allumé comme si on venait de s'en servir. J'ai l'impression que le mage a alerté les personnes qui prenaient place dans cette pièce.

– Mais nous les aurions vues ! estima Thim.

– Pas nécessairement, lui fis-je remarquer. Peut-être ces personnes ont-elle un passage secret... N'oublions pas que ce sont de puissants mages.

Après avoir cherché quelques instants un passage mais en vain, nous décidâmes de prendre le couloir de l'autre pièce.

Les dortoirs

Au bout du long couloir se trouvait une autre porte de bois.

– Préparons-nous au pire, dis-je. Je crois que les occupants des lieux sont maintenant au courant de notre présence.

Rayco fracassa la porte et, le marteau à la main, fonça dans la pièce.

Aussitôt qu'il fut rendu dans la salle, il reçut une énorme boule de feu au corps, ce qui lui fit très mal. Il lança un très grand cri.

Deux mages planant dans les airs nous attendaient fermement.

Rayco et Shania foncèrent dans leur direction, mais la distance qui séparait les mages du sol les empêchait d'atteindre leurs cibles.

Pendant que Thim attaquait celui de droite, je lançais des balles magiques sur celui de gauche. Étrangement, mes balles disparaissaient un peu avant de toucher l'objectif. Les flèches de Thim subissaient sensiblement le même sort. Elles tombaient avant d'atteindre le mage comme si celui-ci avait été muni d'un bouclier de protection.

Pendant que Rayco sautait et essayait de toutes ses forces de toucher le mage, celui-ci lui lançait des chocs électriques qui semblaient lui faire un mal atroce. « Que faire pour les atteindre ? » me demandai-je en moi-même. Je dois absolument essayer quelque chose. »

Désespéré, je criai à Shania de se transformer en souris. Puis, je la pris dans mes mains et la lançai en l'air, en direction du mage, en espérant bien viser cette fois-ci. Un peu avant d'arriver à la cible, elle se retransforma en loup et saisit le mage à la gorge.

Surprise, la vilaine créature perdit sa concentration et tomba au sol. Aussitôt, Thim lui décocha deux flèches droit au cœur et l'acheva.

L'autre mage, voyant la scène et rageant de colère, me prit pour cible et me lança des balles magiques qui me manquèrent de peu.

Pendant que le mage se concentrait sur moi, Rayco monta sur les épaules de Thim et le frappa de toutes ses forces. Le coup fut tellement violent que le mage tomba aussitôt au sol et y laissa son dernier souffle.

J'allai m'assurer aussitôt que les deux mages étaient bel et bien morts.

– Ouf ! m'exclamai-je. Est-ce que tout le monde va bien ?

Tous me répondirent positivement, bien qu'encore sous le stress.

Cette fois-ci, nous avions eu beaucoup de chance…

Lorsque j'ai été remis de mes émotions, je fouillai les mages. Ces derniers avaient les mêmes traits que celui que nous venions de combattre dans la salle à manger.

Je trouvai sur eux un parchemin et un petit anneau.

– Tiens, un anneau ! m'exclamai-je. Je vais l'emporter et le faire analyser par nos mages. Peut-être est-il magique ?

– Laisse faire l'anneau, répliqua Rayco d'un ton convaincant, et continuons vite notre visite.

Sans trop tarder, nous allâmes à la porte de l'est.

Le laboratoire

Cette pièce était non seulement très éclairée, mais aussi très colorée. Notre vision était obstruée par une légère brume ou fumée provenant de gros récipients.

C'était un immense laboratoire comme je n'en avais jamais vu auparavant. Il y avait en tout près de cinq grandes tables avec de nombreuses fioles de toutes les couleurs et de toutes les grandeurs. C'était très impressionnant…

Shania se dirigea vers l'une des tables avec enthousiasme. Elle semblait reconnaître certains ingrédients.

– Fantastique ! s'exclama-t-elle. C'est une potion pour se transformer en aigle. Mais comment ces créatures connaissent-elles des formules de ce genre ?

Subitement, sorti de nulle part, apparut un grand mage portant une robe bleu et jaune. Il avait un long bâton à la main. Sa robe était magnifique et très différente de celles qu'on avait vues avant.

Je fus soudainement parcouru d'un frisson. Le mage ressemblait étrangement à celui de mon rêve, de mon cauchemar devrais-je dire.

Quelques secondes plus tard, tout était devenu noir. C'était l'obscurité totale. Nous n'arrivions même plus à voir l'entrée.

Je fis aussitôt « lumière », mais rien ne se produisit…

— Attention ! prévins-je les autres. Restons groupés. Cette noirceur n'est pas commune. Même ma formule « lumière » ne fonctionne pas ! C'est sûrement quelque chose de magique !

— Tu as probablement raison, admit Rayco. Je vois habituellement dans l'obscurité mais, là, je n'arrive même pas à distinguer mon marteau.

J'entendais des pas et des bruits d'objets comme si quelqu'un déplaçait des choses, mais je ne pouvais pas prendre le risque de tirer sans m'assurer que ce n'était pas l'un de nous.

— Dites-moi vite, où êtes-vous ? demandai-je d'un ton anxieux.

Tous me répondirent qu'ils se tenaient à quelques pas de moi.

Tout à coup, boom ! Une énorme explosion se produisit. Son impact fut si fort que nous fûmes projetés contre le mur. Thim en perdit conscience quelques secondes …

La noirceur avait disparu, laissant place à un tas de débris. Tout avait explosé ; les quelques restes étaient en flammes.

Sous le choc, nous restâmes muets quelques instants.

– Je crois que c'était quelque chose d'important, constatai-je. Nous devons rapidement trouver de quoi il s'agissait.

Rayco nous fit remarquer que, derrière l'une des tables en flammes, se trouvait quelque chose d'étrange. Après avoir examiné les lieux de plus près, il trouva une petite trappe secrète. Dans celle-ci, il y avait un parchemin ainsi qu'une pierre de couleur de forme anormale.

Cette forme particulière me rappela quelque chose. Je m'aperçus qu'elle ressemblait étrangement à celle de la serrure de la porte dorée.

– C'est la clé de la porte dorée, fis-je. Vite, allons-y et mettons fin à tout ceci !

La chambre du mage

Effectivement, la pierre entra dans la serrure et la porte dorée s'ouvrit en émettant un bruit sourd.

Derrière la porte prenait place un grand couloir sans fin. Il y avait des torches sur les murs, distantes de cinq mètres.

Il s'agissait d'un couloir très humide, sensiblement comme les autres, bien que beaucoup plus large. Nous pouvions facilement y avancer par deux.

Nous marchâmes longtemps avant d'en apercevoir le fond. Un peu avant d'arriver, Rayco se figea.

– Arrêtez ! s'exclama-t-il. Il y a quelque chose d'étrange ici. Reculez, reculez vite !

Il s'adressa à Thim.

– Viens ici ! s'écria-t-il. Vois-tu cette pierre, là-bas ? celle qui semble un peu plus foncée que les autres ? Crois-tu pouvoir l'atteindre d'une flèche ?

Thim lança aussitôt une flèche qui atteignit la cible du premier coup.

Slach ! Un bruit perçant se fit entendre et, subitement, une immense trappe s'ouvrit dans le sol. Elle devait mesurer près de cinq mètres de long et couvrait la largeur du couloir. Tout au fond, on y apercevait des piques très affilées.

– C'est ce que je pensais, constata Rayco. Attention ! Ces piques semblent empoisonnées. Il ne faut surtout pas les toucher.

– Une chance que tu as vu ce piège ! s'exclama Shania.

– Oui, dis-je aussi.

– Bon, maintenant nous devons traverser de l'autre côté de la trappe, fit remarquer Rayco. D'après ce que je vois, le mécanisme du piège est là-bas, près de la pierre. Il faudrait que quelqu'un puisse s'y rendre.

Tous ensemble, nous nous retournâmes vers Shania.

– Shania, est-ce que tu peux faire quelque chose ? questionnai-je.

– J'aimerais bien, répondit-elle, mais je ne peux pas me transformer en animal volant. Je ne possède pas encore cet apprentissage. La potion de tantôt m'aurait aidée si elle n'avait pas été détruite. Il y aurait le loup, qui peut sauter très loin, mais cinq mètres, c'est beaucoup trop, même pour lui. Peut-être l'écureuil pourrait-il faire le travail ! Mais les parois de ce couloir semblent beaucoup trop glissantes, je risquerais de tomber dans le trou. Il y a la souris que vous pourriez lancer de l'autre côté, mais je doute que vous soyez si forts. Je risquerais aussi de me faire très mal en tombant.

– Attends, Shania ! l'interrompis-je. Tu as bien dit une souris. Je viens de penser à quelque chose. Allez, change-toi en souris et fais-moi confiance !

Shania s'exécuta.

Je prononçai quelques paroles magiques et, soudainement, elle se souleva du sol.

J'utilisai ma magie « déplacement ». Je m'étais entraîné vigoureusement cette dernière année.

Il fallait cependant que je reste très concentré.

La souris se balada très doucement dans les airs et traversa le grand trou sans difficulté.

Une fois de l'autre côté, Shania reprit sa forme humaine.

– Félicitations, Ralph ! me louangea Rayco.

Il se tourna vers Shania.

– Maintenant, dit-il, tu dois enlever cette pierre et déplacer le petit levier vers la gauche.

Shania suivit les directives de Rayco et, aussitôt, la trappe se referma.

– Maintenant, nous pouvons y aller ! s'exclama Rayco, soulagé et un peu fier de lui.

Au fond du couloir se trouvait une gigantesque porte dorée, peinte avec des signes d'une langue étrangère.

Rayco mit la main sur la poignée. Il fut projeté dans les airs par un choc électrique et tomba directement sur les fesses.

Je ne pus m'empêcher de rire.

— Ça va, Rayco ? demandai-je en riant.

— La maudite porte ! grogna-t-il, un peu choqué.

— Comment allons-nous faire ? s'inquiéta Shania.

— J'ai une idée, annonçai-je. On pourrait essayer l'incantation pour supprimer la magie. Cela a bien réussi avec l'entrée.

À ces paroles, je pris dans ma main droite la pierre enchantée et, en lançant la magie « protection magique », je prononçai les mots suivants : « Ado su the sali osa rep do ».

— Bien ! m'exclamai-je. Ça doit avoir marché. Qui ouvre la porte ?

Personne ne bougea, de peur de se retrouver sur les fesses comme Rayco. Je mis donc la main sur la serrure. Je ne reçus pas de choc électrique.

— Préparez-vous ! ordonnai-je à mes amis. Nous allons entrer et j'ai un mauvais pressentiment.

Je m'adressai à Thim.

— Ça va être le bon moment de sortir tes flèches de feu ! lui fis-je remarquer.

– Oui, Ralph ! opina-t-il, mais n'oublie pas que je ne peux en lancer que deux.

J'ouvris la porte et avançai doucement à l'intérieur. Nous vîmes brièvement une ombre passer au centre de la pièce, et la lumière disparut subitement. C'était le noir total, la même noirceur que celle que nous avions rencontrée dans le laboratoire.

– Sortons vite d'ici ! m'écriai-je d'un ton paniqué.

Mais il était déjà trop tard… la porte s'était refermée derrière nous…

En me concentrant fortement sur les sons, je perçus au loin des bruits de pas. Cette fois-ci, je ne perdis pas de temps et lançai aussitôt une « balle de feu » qui, je crois, toucha la cible, car la lumière revint au même moment.

C'était une très grande pièce rectangulaire, munie de belles tapisseries aux couleurs vives.

Quelques tableaux représentant des scènes de combat ornaient les murs.

Au sol, traversant la pièce, un tapis rouge menait tout au fond à un grand trône serti de pierres précieuses.

Sur le trône prenait place une grande personne au teint bleu foncé et portant une robe bleu et jaune. Le personnage ressemblait étrangement au mage que nous avions aperçu dans le laboratoire. Il tenait à la main un long bâton qu'il pointa vers nous en riant d'un air satanique.

Sans tarder, Rayco et Shania foncèrent sur le mage. Mais, à l'instant même où ce dernier allait être frappé, il s'évapora et réapparut quelques mètres plus loin en projetant dans leur direction une « boule de feu » géante.

Rayco fut légèrement blessé. Il reprit son souffle et chargea de nouveau le mage.

Au même moment, Thim lança deux flèches et je projetai des « balles magiques ». Lorsque les flèches atteignirent le mage, celui-ci disparut de nouveau et réapparut un peu plus loin pour lancer une autre « boule de feu » sur Shania. Mon amie fut touchée gravement et tomba au sol.

C'étaient des « boules de feu » comme je n'en avais jamais vu auparavant.

Chaque fois, le même scénario se produisait : aussitôt qu'on attaquait, le mage se téléportait et lançait des balles de feu. Rayco, malgré sa forte constitution, encaissa quelques « boules de feu », mais finit par s'écrouler.

Notre seule chance était de nuire au mage dans sa concentration. Comment éviter qu'il se téléporte ? Je n'avais rien appris dans mes enseignements qui me permettait de l'affronter…

D'un air désespéré, je pris la pierre enchantée et, en visant le mage, je lançai la magie « protection magique » et je prononçai les mots suivants : « Ado su the sali osa rep do ». C'était bien l'incantation contre les portes magiques.

Aussitôt que j'eus terminé, je m'adressai à Thim.

– Lance tes flèches de feu ! m'écriai-je.

Je revois encore la scène. Les flèches furent projetées avec rapidité et, au moment où elles allaient entrer en contact avec le mage, celui-ci essaya de se téléporter, mais cette fois sans succès. Je me rappelle encore le visage surpris du malheureux. Les deux flèches lui étaient directement arrivées au corps et l'avaient fait tomber au sol. Quelques secondes plus tard, il disparaissait en fumée...

– Que s'est-il passé ? s'informa Thim.

– L'incantation pour la porte a fait en sorte que le mage a perdu ses pouvoirs un instant, lui expliquai-je, un instant qui lui a été fatal grâce à tes flèches !

– Tu savais que ça marcherait ? Thim me demanda-t-il.

– Non, mais je n'avais plus rien à perdre, répondis-je simplement.

– Et si cela n'avait pas réussi ? s'enquit Thim.

– Eh bien, nous ne serions sans doute pas là pour en discuter ! avouai-je en toute honnêteté.

Après quelques minutes, Shania reprit un peu de force et se leva. Elle sortit de son grand sac quelques potions et se soigna légèrement. Après, elle alla voir Rayco, qui avait été gravement blessé. Le pauvre avait le corps plein de brûlures. Les potions lui firent du bien, mais le repos lui serait nécessaire.

– Nous l'avons eu ! s'exclama Thim. Nous formons une belle équipe !

– Oui, Thim, nous formons une belle équipe, admis-je. Par contre, je suis inquiet car le mage n'aurait pas dû partir en fumée comme ça.

– Ne t'en fais pas, me rassura Thim. C'est sûrement l'une de ces créatures qui meurent ainsi.

– Peut-être ! fis-je, mais les autres mages ne sont pas partis en fumée…

Il y avait aussi ce sentiment de déjà-vu. J'avais toujours l'impression de connaître ce mage. C'était bien celui de mon rêve.

**

Pendant que nous fouillions la pièce, nous entendîmes des pas à la porte.

C'était le chef Tyro, accompagné de la garde royale provenant de Gardolon. Nielle était parmi eux.

– Nielle ! Nielle ! quel plaisir de te voir, m'exclamai-je.

– Le plaisir est partagé, dit-elle en souriant. Je vois que nous arrivons un peu tard, que vous avez fait tout le travail.

– Oui ! mais cela n'a pas été facile, répliqua Thim d'un air fatigué.

– Je savais bien, convint Nielle, que vous ne vous contenteriez pas seulement de faire de l'inspection. Nous serions arrivés plus tôt, mais nous avons été attaqués à plusieurs reprises par des groupes d'ogres. Tout ceci n'est pas normal. Mais oublions ça pour le moment.

Elle se tourna vers moi.

– Si tu nous parlais, Ralph, de ce qui se passe ici ?

Pendant que je racontais les détails à Nielle et au chef Tyro, les deux mages platine de la garde royale firent le tour de la grotte.

– Ce qui m'inquiète, dit Nielle, c'est que ce mage soit parti en fumée.

– Oui, ça m'inquiète aussi... avouai-je.

Quand les mages revinrent, ils nous confirmèrent qu'il ne restait aucune magie dans cet endroit et que les lieux étaient maintenant sûrs. En même temps, ils déposèrent au sol deux parchemins, quelques pièces d'or et des pierres précieuses.

– Si vous nous le permettez, leur dit Nielle, nous aimerions apporter avec nous tous les documents afin de les étudier et essayer de comprendre ce qui s'est passé ici.

– Bien sûr ! fit le chef. Prenez tout ce que vous voulez, même les pierres si vous le désirez.

– Merci beaucoup, fit Nielle, mais nous n'avons besoin que des documents. Je crois que vous pouvez prendre possession de ces lieux. Vous ne risquez plus rien maintenant.

– Merci beaucoup, fit le chef. Et c'est avec joie que nous le ferons. Je vous suggère donc pour le moment d'aller vous reposer et, demain, je vous attends dans mes quartiers pour vous remercier plus officiellement.

Sur ces mots, nous allâmes tous nous reposer.

***

Durant la soirée, Thim ne put résister à aller raconter cette grande aventure aux gens de la taverne pendant que, moi, je préférais rester avec Nielle pour discuter.

Nielle me confia qu'elle était presque certaine que le mage n'était pas mort et qu'il avait un lien avec tous ces ogres.

Quand je lui expliquai que c'était l'être de mon rêve, elle s'inquiéta davantage.

Nous avions bien hâte d'arriver à la ville pour faire quelques recherches avec Arolen.

Les remerciements du chef Tyro

Le lendemain, tel que nous l'avait demandé le chef, nous allâmes le rencontrer. Tyro avait revêtu ses plus beaux habits. Cette fois-ci, il était accompagné de plusieurs nains de la même prestance.

— Bienvenus, mes chers amis ! dit-il. J'ai invité les membres de notre table des nains afin qu'ils rencontrent ceux qui nous ont sauvés d'un grand danger. Encore une fois, vous avez su prouver que vous, les humains… Devrais-je plutôt dire que vous, les humains et les elfes, vous êtes des personnes remarquables, que ce soit par votre savoir, votre courage ou votre loyauté. Nous vous sommes redevables et soyez certains que nous serons toujours disponibles pour vous rendre service ! Dites à votre roi que vous avez été à la hauteur de votre réputation.

Et, sur ces mots, il donna à Nielle un parchemin décrivant sa gratitude, et un grand sac rempli de pierres brillantes.

– Approchez ! dit le souverain, en nous faisant signe, Thim, Shania et moi. Vous êtes les héros. Vous avez gagné le cœur des nains, et sachez que ce n'est pas facile ! Vous serez donc toujours les bienvenus chez nous.

Et il nous tendit à chacun un petit sac de pierres précieuses. J'eus pendant quelques secondes l'intention de refuser, mais je me dis que nous en aurions sûrement besoin pour acheter quelque article nécessaire lors d'une prochaine aventure...

Avant de partir, je m'avançai vers le chef.

– Mais, chef, nous n'aurions pas réussi sans l'aide de Rayco, lui fis-je remarquer d'une voix amicale.

– Je sais bien, Ralph, admit-il.

Le chef se tourna vers Rayco et lui fit signe d'avancer.

– Rayco, viens ici ! Nous sommes vraiment fiers de toi et nous allons t'élever au grade de sergent ! Tu participeras à l'enseignement du marteau. Nous voulons aussi exaucer un de tes souhaits. Qu'est-ce qui te ferait plaisir, mon ami ?

— Il y a une chose que j'aimerais de tout mon cœur, répondit Rayco en esquissant un sourire.

— Oui, nous t'écoutons, dit le chef.

— Je voudrais rendre de nouveau visite aux humains, Rayco confessa-t-il. Cette fois-ci, par contre, j'aimerais bien prendre le temps nécessaire pour mieux comprendre leurs habitudes.

— Mais, dans ton état, te crois-tu capable de faire un tel voyage ? s'enquit le chef.

— Oui, affirma Rayco. Je me reposerai une fois que je serai rendu à la ville de Gardolon.

Le chef réfléchit quelques instants.

— Donc, que ton désir soit réalisé ! s'exclama-t-il. Va visiter les humains le temps nécessaire ! Après tout, nous aurons tous avantage à apprendre les coutumes des humains.

À la réponse du roi, Rayco nous regarda avec joie, une joie qui était partagée de tous.

Chapitre 9
Le retour

Le retour fut long, mais se déroula sans aucune difficulté. Nous avions hâte de revoir nos lits, les habitudes des nains étant très différentes des nôtres.

Lorsque nous sommes arrivés à la ville de Gardolon, les gens étaient heureux de nous voir. Il s'agissait là d'un sentiment que nous partagions.

Nielle alla aussitôt faire son rapport au roi, et nous profitâmes de ce petit moment de repos pour aller raconter toute notre histoire à Édouard, qui nous écouta avec grand intérêt.

Le soir venu, le souverain nous convoqua au château.

– Bonjour à vous deux ! dit-il. Il semble que vous ayez réussi votre mission. Nielle m'a dit que vous n'avez pas suivi mes consignes.

Il arrêta de parler et nous balaya de son regard intimidant.

– N'ayez crainte, je ne vous blâmerai pas, car je savais bien que vous prendriez quelques risques, avoua-t-il. Vous nous avez représentés avec honneur et avec bravoure ! Sachez que nous sommes fiers de vous ! Les nains sont nos amis et nous aurons certainement besoin d'eux un jour.

Il fit une courte pause.

– Ici, nous avons eu aussi quelques problèmes durant votre absence, reprit-il d'un ton plus grave. Nous avons été attaqués au nord des terres par deux groupes d'ogres. Nous croyons que cet assaut peut avoir un lien avec ce que vous avez découvert. Nos mages sont présentement à analyser les documents trouvés. Nous vous tiendrons au courant.

Le roi esquissa un sourire.

– Votre succès mérite bien une récompense, poursuivit-il d'un ton plus gai. Je crois que vous avez démontré que vous êtes dignes de posséder maintenant un niveau or (niveau 3). Je vous déclare maintenant mage et archer or ! C'est un privilège que peu possèdent !

Continuez à travailler ainsi et vous atteindrez bientôt le niveau platine. Ainsi, vous allez pouvoir vous joindre à la garde royale.

Posséder un niveau or était pour nous un honneur des plus appréciés. Nous en remerciâmes le roi d'un sourire.

Il nous sourit fièrement à son tour, nous salua et quitta la pièce.

L'enseignement du mage de niveau or

Devenir mage or (niveau 3) était pour moi une gloire. Cependant, je n'oubliai pas les sages paroles de maître Arolen sur les dangers qui me guettaient à posséder tous ces pouvoirs.

Maître Arolen m'enseigna donc deux nouvelles magies : l' « invisibilité » et le « choc électrique ».

L'invisibilité, une magie du niveau 3 (or), permet au mage de se rendre invisible pour quelques instants, la durée dépendant du niveau d'apprentissage du mage.

Le choc électrique, une magie du niveau 3 (or), permet au mage de produire des chocs électriques. La puissance de ces derniers dépend du niveau d'apprentissage de la personne.

La conclusion

Quelques jours plus tard, le roi nous convoqua de nouveau au château.

— Bonjour, cher mage et archer dorés ! dit-il en nous accueillant. Nous avons étudié les documents et voici ce que nous avons trouvé…

Il laissa la parole à Nielle.

— Voilà ! commença-t-elle. Les mages que vous avez rencontrés sont des elfes noirs.

— Des elfes ? fis-je, surpris.

— Oui, Ralph ! affirma Nielle, mais pas comme nous. Les elfes noirs sont des cousins très éloignés de nos races. Ils sont beaucoup plus grands et leur peau est de couleur différente. Ils utilisent une très vieille langue pour

communiquer, une langue que nous ne prati-
quons plus depuis bien longtemps. Ils ont
consacré leur apprentissage à la magie, mais à
une discipline très différente de la nôtre, une
magie appelée « magie noire ». C'est d'ailleurs
un pouvoir très puissant, malheureusement
relié au mal.

Elle fit une courte pause.

– D'après ces documents, poursuivit-elle,
les elfes noirs ont été envoyés chez les nains
par quelqu'un de très important dont nous
n'avons pu trouver le nom. De plus, nous ne
connaissons pas la raison de leur infiltration
chez les nains, mais leur présence pourrait
avoir un lien avec des pierres ou le besoin d'un
minerai spécial pour leur sortilège.

– Ce qui est inquiétant, intervint le roi,
c'est que les elfes noirs sont toujours demeu-
rés sur leur continent. Pourquoi donc venir
chez nous ? Nous avons eu l'occasion d'échan-
ger avec eux il y a fort longtemps et, pourtant,
ils ne semblaient pas issus d'une race hostile.
Je crois que nous devrons envisager d'aller les
rencontrer de nouveau….

***

C'est ici que se termine cette histoire, mes petits. Cependant, rassurez-vous, les choses n'en resteront pas là pour Ralph et Thim ! Une autre merveilleuse aventure les attend. Et, cette fois-ci, préparez-vous à quelque chose de magique...

À retenir

Ralph

Ralph est un elfe âgé de 17 ans (160 ans, âge elfe) qui mesure 1,82 mètre. Il est natif de Tadan, mais habite avec les humains à la ville de Gardolon depuis une dizaine d'années. Il est très apprécié par le roi. Ses aventures sont de plus en plus connues. Il étudie la magie avec maître Arolen.

Thim

Thim est un petit elfe âgé de 17 ans (160 ans, âge elfe) qui mesure 1,75 m. Il a le teint bleuâtre. Il fait partie des amis de Ralph. Natif de Tadan, il habite actuellement Gardolon. Il

est très habile au tir à l'arc. Il étudie avec maître Dynon.

Rayco

Rayvo est un jeune nain très costaud qui
habite la ville de Turco. Avec son grand marteau qu'il tient à deux mains, il sait se faire
respecter. Il est devenu un bon ami de Ralph.

Shania

Shania est une petite druide humaine qui
vit dans les bois. Elle est la grande amie de
Ralph. Elle est très rusée et possède la faculté
de se transformer en animal.

Nielle

Nielle, une grande elfe des bois, mesure
environ 1,90 mètre. Archère de niveau platine,
elle fait partie de la garde royale. Elle est l'amie
et la protectrice de Ralph et de Thim.

Shan

Shan est le compagnon familier de Ralph. C'est un mignon petit chaton noir. En fait, c'est Shania qui a pris la forme d'un chaton.

Gardolon

Gardolon est une grande ville humaine d'environ 5000 habitants. Elle est construite sous la forme d'un grand carré. Au centre se trouvent l'église ainsi que le marché et ses marchands. Autour prennent place les auberges.

Tadan

Tadan est un petit village elfique qui compte environ 100 habitants. C'est là que sont nés Thim et Ralph.

Le chef Tyro

Tyro est le chef des nains de la ville de Turco.

Le livre de magie de Ralph

« Lumière »

Magie, de niveau apprenti, qui permet au magicien de produire une lumière dans le creux de sa main. Au début, la lumière est aussi faible que celle d'une petite flamme mais, avec le temps, elle peut devenir beaucoup plus forte.

« Toile »

Magie, de niveau apprenti, qui permet de projeter une toile ressemblant à celle d'une araignée.

« Balle magique »

Magie, de niveau apprenti, qui permet de projeter des petites balles colorées provoquant des chocs électriques.

« Boule de feu »

Magie, de niveau 1 (bronze), qui permet de projeter des boules de feu.

« Déplacement »

Magie, de niveau 1 (bronze), qui permet de déplacer des objets par la pensée. La grosseur des objets dépend du degré d'apprentissage du mage.

« Transformation »

Magie, de niveau 2 (argent), qui permet de métamorphoser un adversaire en un petit animal pour une courte période.

« Respiration »

Magie, de niveau 2 (argent), qui permet de respirer sous l'eau.

« Détection »

Magie spéciale qui permet de détecter ce qui est magique.

« Protection magique »

Magie spéciale très puissante qui permet de créer un halo de trois mètres radius autour du mage, ce qui empêcher la magie de pénétrer. La durée de ce sort dépend de l'apprentissage du mage. Cette magie peut aussi servir à enlever un envoûtement magique qui aurait été effectué sur un objet.

« Invisibilité »

Magie, de niveau 3 (or), qui permet au mage de se rendre invisible pour quelques instants. La durée de l'invisibilité dépend du niveau d'apprentissage du mage.

« Choc électrique »

Magie, de niveau 3 (or), qui permet au mage de provoquer des chocs électriques. La puissance des chocs dépend du niveau d'apprentissage du mage.

La carte du monde de Ralph

Pour obtenir une copie
de notre catalogue,
communiquez avec :

AdA
1385, boul. Lionel-Boulet
Varennes, Québec
J3X 1P7
Téléc : (450) 929-0220
info@ada-inc.com
www.ada-inc.com

Pour l'Europe, voici les coordonnées :
France : D.G. Diffusion Tél. : 05.61.00.09.99
Belgique : D.G. Diffusion Tél. : 05.61.00.09.99
Suisse : Transat Tél. : 23.42.77.40

La production du titre **Les Merveilleuses Histoires de Ralph Tome 2** sur papier Rolland Enviro
100 Édition plutôt que sur du papier vierge aide à l'environnement en économisant :

Arbre(s) : 7
Déchets solides : 448 lb
Eau : 4 231 gal
Matières en suspension dans l'eau : 2,8 lb
Émissions atmosphériques : 984 lb
Gaz naturel : 1 026 pi³